# Ma mère est maire

Florence Hinckel
Illustré par Pauline Duhamel

Conception graphique : Aude Cotelli – entrelessignes.net

ISSN : 1961-2001
ISBN : 978-2-916238-26-5
Loi n° 49-956 du 16 juillet 1949 sur les publications destinées à la jeunesse
Dépôt légal : septembre 2008

# Mapa

Quand j'étais tout petit, j'appelais mes parents avec le même mot : Mapa. Je faisais bien la différence entre les deux. Mais quand je disais Maman, ou Papa, un seul parent se tournait. Quand je disais Mapa, deux regards se posaient sur moi. J'étais déjà très malin.

À trois ans, je n'ai pas pu jouer à l'idiot plus longtemps. Maman répétait encore : Ma-man. Papa fronçait les sourcils en articulant : Pa-pa. Puis ils se sont fâchés pour de bon. Alors je me suis décidé à leur faire plaisir. Pour son premier Papa, mon père a sauté de joie. Pour sa première Maman, ma mère m'a fait un énorme poutou sur le ventrou.

Puis je suis allé à l'école maternelle. Là, c'était magique. Je criais « Tata ! », dans les couloirs. Ce n'était pas une, ce n'étaient pas deux, mais quatre dames qui me regardaient ! Pareil dans la cour, si je criais « Maîtresse ! » Trop super. Une fois, j'ai essayé de crier « Tonton ! » pendant le repas de la cantine. Aucune réponse. On m'a regardé bizarrement. Puis j'ai crié « Maître ! » dans la cour. Un seul homme est venu vers moi. Il remplaçait ma maîtresse qui était malade.

En dernière année de maternelle, j'ai tenté une nouvelle tactique. Tic, tac, je me suis planté au milieu de la cour bordée de platanes. Et j'ai crié : « les filles ! », à la manière d'un réveil qui se souvient de l'heure. Certaines d'entre elles ont stoppé leur course. Elles m'ont jeté un drôle de

regard, puis elles ont continué leur jeu. J'ai recommencé, et deux maîtresses se sont approchées. L'une d'elles a dit :

– Qu'est-ce qu'il a à crier comme ça, celui-là ?

– Attention, c'est le fils de la maire.

– Évidemment que c'est le fils de sa mère, t'es drôle, toi.

J'ai soupiré.

– Et ton papa, il fait quoi ?

– Oh, il fait plein de choses, mon papa. Une fois, il a fabriqué un immense cerf-volant. Une autre fois, il a sculpté le manche en bois d'un couteau. C'était beau ! Et puis aussi…

– Mais c'est quoi, son métier ?

– Son métier ? C'est de s'occuper de Maman et moi…

L'une des maîtresses a pouffé. Je ne voyais pas ce qu'il y avait de drôle. Mon papa était toujours à la sortie de l'école. Grâce à lui, je n'avais pas à manger à la cantine. Je n'avais pas non plus à rester à la garderie le matin, ni le soir. Et j'avais très souvent son regard sur moi. Un regard de papa, ce n'est pas le même qu'un regard de maman. Ni le même que celui d'une tata de maternelle, ou d'une maîtresse. J'aime autant son regard que celui de ma maman.

Et pourtant, tout le monde semble étonné que ma mère soit maire et que mon père soit père…

# Chapitre 2
# L'expérience

J'ai sept ans et demi, maintenant. Je n'utilise plus du tout le mot Mapa, je ne fais plus des expériences d'appels dans la cour. Tout va bien.

Mais le jour de la rentrée en CE1 est arrivé.

On est tous un peu intimidés, comme à chaque premier jour de chaque année. Pourtant on se connaît depuis la section de bébés en maternelle. Pour nous mettre à l'aise, la maîtresse décide de faire connaissance.

Elle nous raconte qu'elle s'appelle Sophie. Cela ne fait pas longtemps qu'elle est maîtresse, mais elle adore ça. Elle a un amoureux qui fait le même métier qu'elle.

– Il est aussi maîtresse, ton amoureux ? demande Gaspard.

Tout le monde rigole. Gaspard a de grosses lunettes, et il nous fait toujours rire.

– Mais non, on dit maître, pour un garçon, rectifie Julie, qui sait toujours tout.

– Oui, dit la maîtresse, c'est un maître, mais il travaille dans une autre école. Tenez, ça me donne une idée : si vous

voulez, la semaine prochaine, quand on se connaîtra tous mieux, on parlera des métiers. Ceux de vos parents, celui que vous aimeriez faire plus tard… Vous êtes d'accord ?

Tout le monde a l'air content de cette idée. Mais moi, je ne réponds rien.

De retour à la maison, je pense à mon copain Noé. Son papa est architecte, et sa Maman reste à la maison. Personne

n'a jamais eu l'air de trouver ça bizarre. Quant à mes parents…

Il me faut percer leur mystère, et vite. En tout cas avant la semaine prochaine. La maîtresse Sophie nous a dit cet après-midi : pour résoudre un problème, il faut tâtonner, jusqu'à trouver la bonne solution. Tâtonner, ça veut dire faire plein d'expériences.

Depuis tout petit, j'adore ça, les expériences.

Mais dans ce cas-là, je crois qu'une seule suffira.

Le mercredi, Maman fait son possible pour rentrer à la maison à midi. J'attends qu'elle ait fait un bisou à Papa et qu'elle soit assise. Une fois que je trouve mes deux parents bien détendus, je leur dis :

– Maman, Papa, vous devez m'aider.

– Qu'est-ce qui t'arrive, mon chou ? s'inquiète Maman.

Pour arriver à mes fins, il me faut exagérer un tout petit peu. Je verse quelques larmes. Papa et Maman me câlinent, l'air désolé.

– Explique-nous ton problème, dit Papa. Nous ferons notre possible pour t'aider.

Extra ! Je pleurniche encore un peu, avant de murmurer :

– À l'école, on va parler de ce que font nos parents. Et moi, ça me pose un problème. Les autres disent que vous n'êtes pas des parents comme les autres…

– Tu sais que c'est faux ! s'exclame Maman. Tu n'as pas besoin de le leur prouver.

– Oui, enfin, heu, bredouille Papa. C'est vrai qu'on n'est pas tout à fait comme…

Maman lui jette un regard noir. Papa reprend :

– Chaque parent est unique ! C'est idiot de vouloir être comme les autres.

– Exactement, jubile Maman.

Je continue :

– Vous ne comprenez pas… Les copains croient que toi tu n'es pas un vrai papa, et toi pas une vraie maman. Moi j'aimerais leur montrer que si. J'aimerais qu'ils sachent que toi, Papa, tu es capable de travailler, et que toi, Maman, tu es capable de rester à la maison.

Un long silence suit mes paroles. Je panique un peu. Maman marmonne une phrase avec des mots que je ne comprends pas : stéréogars, sesquiste ou quelque chose comme ça. Je leur jette mon regard qui marche à tous les coups, quand je veux obtenir quelque chose.

J'espère que mes yeux ressemblent à celui de mon ours en peluche de bébé. Et je leur propose :

– Ce serait bien de faire une expérience. Que vous échangiez vos rôles, par exemple… Seulement une journée. S'il vous plaît…

– Mais enfin, Valentin, c'est impossible, réplique Papa. Je ne pourrais jamais prendre la place de Maman à la mairie !

– Tu imagines ? rigole Maman.

– Je comprends, dis-je. Mais tu pourrais peut-être trouver un autre travail. Et Maman pourrait prendre des congés, non ? Juste pour voir, quoi !

– Mais tu crois que c'est si facile de trouver du travail ? demande Maman.

– Je sais que c'est difficile, mais je suis sûr que Papa en trouverait s'il cherchait.

– Ah ça, je ne sais pas, soupire Papa.

– Valentin a raison, s'exclame Maman. J'en suis sûre aussi.

– Mais cela bouleverserait notre vie ! Je ne veux pas la changer juste à cause

d'un caprice, on est bien comme ça, non ? se révolte Papa.

– Papa a raison.

Pour une maire, je trouve que Maman retourne sa veste un peu trop souvent. Je tente autre chose :

– D'accord, ça pourrait être autre chose qu'un vrai travail. Papa, tu pourrais juste aider quelqu'un pendant quelques jours, un peu comme si tu apprenais un métier, tu vois ?

– Pourquoi pas ? murmure Maman, songeuse.

Papa a l'air de ne plus savoir où il est. J'ai l'impression qu'une tonne d'idées lui traverse l'esprit à la vitesse de l'éclair. Il me demande avec de grands yeux étonnés :

– Tu te demandes vraiment si nous en sommes capables ?

Je hoche la tête.

– On peut toujours essayer, lui suggère Maman, amusée.

Papa hésite encore un peu. Mais j'ai maintenant une alliée de poids, qui lui fait un sourire de publicité.

– Qu'est-ce qu'on a à perdre ? ajoute-t-elle. Si ça peut rassurer Valentin…

– Hé bien… Je ne peux rien promettre, mais… je vais faire de mon mieux.

C'est dans la poche !

# Une journée pas comme les autres

Papa m'a fait de la peine, au début.

Je me demande si je ne lui ai pas demandé la Lune. Mais ça a été miraculeux. Papa et Maman ont trouvé une solution très vite.

– Écoute, Valentin, dit Maman. Si ça peut te rassurer, on va faire ce que tu nous as demandé. Mais cela ne sera que pour une journée, et uniquement pour toi. L'important est que tu sois rassuré sur nous. Après, je pense que tu t'en moqueras bien, de ce que disent les autres.

Je hoche la tête, satisfait. Au fond de moi, je bouillonne de curiosité.

L'expérience a lieu vendredi.

Papa vient dans ma chambre alors que je me réveille tout doucement. Il pose un bisou sur ma joue puis murmure :

– À ce soir, mon petit Valentin.

– Travaille bien, mon petit Papa !

Je suis fier de lui. Il va aider notre amie la libraire. Conseiller des livres, les vendre, les ranger, c'est un vrai travail pas facile ! Je lui souhaite bon courage

en pensée, avant de me rendormir tout doucement.

Mais trente secondes plus tard, Maman ouvre grand les volets.

– Debout, Valentin ! Viens petit-déjeuner. Ensuite tu prendras une douche et…

– Mais je me suis déjà lavé hier soir !

– T, t, t… Tu te sentiras mieux si tu te laves ce matin.

– Mais Papa, lui…

– Papa, c'est une chose, moi, c'en est une autre.

Maman disparaît derrière la porte. Je commence à me demander si j'ai eu une si bonne idée que ça.

Mais le petit-déjeuner se passe bien. Maman fait de gros efforts pour être une super Maman, alors elle m'a fait des tartines grillées recouvertes de Nutella. Elle a même fait chauffer du vrai chocolat, avec de la cannelle. Génial ! Mais elle a mis tellement de temps pour préparer tout ça qu'on est un peu en retard. Du coup, c'est bien, je n'ai pas le temps de me doucher. Et on court sur le chemin de l'école. En arrivant, je suis très fier de me montrer avec Maman.

Mais au lieu de me laisser devant le portail comme le fait Papa, elle veut entrer dans la cour.

– Non, Maman, tu dois rester là.

– Valentin, pour une fois que je peux t'amener à l'école, j'aimerais bien en profiter pour discuter un peu avec ta maîtresse.

– Quoi ? Mais non, c'est pas la peine !

Mais quand Maman a une idée dans la tête… Là, c'est sûr, tout le monde la voit, ma maman. Et la fierté se transforme en honte. J'entends des parents qui murmurent :

– Regarde, c'est la maire !

– La mère de qui ?

Et la maîtresse Sophie, qui était en train de rigoler avec les autres maîtresses dans la cour, devient toute raide et blanche en la voyant arriver.

– B… B… Bonjour Madame, bredouille-t-elle.

– Bonjour. J'aimerais savoir comment ça se passe avec Valentin.

– Oh, Valentin ! Oui, enfin, vous savez ce n'est que le début de l'année. Mais

c'est un petit garçon très intéressant, et...

Pendant ce temps, les copains me font des grimaces. Ange répète tout doucement et de loin, comme s'il mâchouillait un chewing-gum en même temps :

– T'ès inté'essant !

Puis il éclate de rire. Je ne sais plus où me mettre. Ça m'apprendra à avoir des idées pareilles. La maîtresse Sophie a les jambes qui tremblent. Elle ne sait plus quel compliment adresser au fils de la maire. Maman sent qu'il faut conclure :

– Très bien. Merci, et bonne journée madame.

La maîtresse se remet à respirer, et ses joues reprennent une couleur normale. Maman se tourne vers moi, me fait un énorme bisou bruyant et s'en va en me souhaitant une bonne matinée. J'aimerais me trouver à quarante mètres sous terre. Non, cinquante, ce serait mieux.

# Tout est possible

À 11 heures 30, Maman est la seule maman en veste et jupe blanches super bien repassées, qui attend derrière la grille. Elle ne pourrait pas porter un jean et un tee-shirt, comme toutes les autres mamans ? Je suis sûr qu'elle n'a pas pu s'empêcher de travailler sur son ordinateur, ou au téléphone. D'ailleurs, quand j'arrive à côté d'elle, elle est en grande discussion avec un monsieur.

Elle lui répond :

– Ne vous inquiétez pas, on va régler ça très vite. Venez me voir lundi à la mairie.

Je ne dis rien sur le chemin du retour. Maman est impossible. Même pour seulement une journée, elle est incapable d'être une maman « normale ».

Mais quand je rentre à la maison, une odeur succulente s'échappe de la cuisine. Je demande :

– Comment t'as fait ? Habillée comme ça…

Maman rit de bon cœur, avant de répondre :

– Mais je me suis changée juste avant de sortir ! Tu imagines si les gens voyaient la maire dans cette tenue ?

Elle me désigne son vieux jogging, posé sur le dossier d'une chaise. Je fais un gros bisou à Maman, avant d'aller me régaler, les pieds sous la table. Finalement, c'est vraiment chouette, une maman à la maison. Même si Papa me manque déjà…

Le soir, Maman n'est pas derrière le portail. Je m'inquiète un peu. Mais quelle joie lorsque je vois Papa ! Qu'est-ce qu'il m'a manqué ! J'ai l'impression qu'il a disparu durant plusieurs semaines, alors que ça ne fait que quelques heures. Ah, les habitudes ! comme dit Grand-mère.

– Maman a dû aller à la mairie, mon p'tit Valentin. Elle était obligée, tu comprends…

– Oui, oui, je comprends, dis-je en

me serrant contre la veste douce et rassurante de Papa.

Lui, pour travailler, il s'était habillé comme tous les jours.

– Et alors, comment ça s'est passé, ton travail ?

– Oh, Valentin, je dois te remercier. J'ai adoré travailler à la librairie ! Je trouve ça fantastique, ce contact avec les livres, avec les clients…

Je me détache de Papa et le regarde d'un air inquiet.

Papa rit, et pose sa main sur mon épaule.

– Écoute, mon petit bonhomme. Je crois que tu as bien fait de nous faire prendre conscience que les choses pouvaient évoluer. Je pourrais très bien encore rester à la maison, mais je peux aussi faire un travail que j'aime, avec des horaires aménagés. Tu ne te rendrais compte de rien !

Après tout, pourquoi pas ? Je suis heureux de voir mon Papa heureux. J'ajoute même :

– Tu sais, si tu veux travailler plus longtemps le soir, à la librairie, je peux rester à la garderie. Ça a l'air sympa, la garderie…

Papa m'embrasse en riant.

# Chapitre 5

# C’est pas de la tarte !

– Alors, les enfants ? On en parle, de ces métiers ? demande la maîtresse Sophie.

Les réponses fusent. Tout le monde est content de parler de ses parents.

– Moi, mon père, il est architecte, s’exclame Noé fièrement.

– Le mien est archi gentil, dit Prune, qui veut toujours imiter Noé.

– Et moi, ma mère, elle est poète, murmure Yasmine.

– Pouet, pouet ! hurle Gaspard.

– On dit poétesse, rectifie la maîtresse.

– Mon père à moi, il est sage-femme, ajoute Jonas.

– Ma mère n'est plus là, souffle Ange.

– Mon père non plus, répond Justine.

– Mon père est bibliothécaire ! s'exclame André.

– Ma mère vend des voyages. Mais elle n'est jamais allée au Caire, dit Théo rêveusement.

– Ma mère reste à la maison pour s'occuper de mon frère, poursuit Noé.

– Mon père, je sais pas ce qu'il fait, c'est compliqué, avoue Agathe.

La maîtresse doit calmer tout le monde, parce que chacun veut prendre la parole. Elle a remarqué que je n'ai rien dit, moi. Pourtant j'adore parler en classe, d'habitude.

– Et toi, Valentin, explique-nous ce que font ton Papa et ta Maman.

Il faut bien que je me lance :

– Mon père restait à la maison, jusqu'à maintenant, dis-je. Mais peut-être qu'il va travailler à la librairie.

Jusque-là, ça va. Puis j'ajoute :

– Et ma mère, c'est la maire.

– Bien sûr que c'est une mère, puisque c'est la tienne, s'exclame Julie.

– Mais non, c'est une maire.

– Mère au foyer ?

– Non, maire à la mairie.

– C'est une fabrique de mères, une mèrie ? demande Yasmine.

Et voilà que ça recommence. C'est toujours aussi compliqué d'expliquer ma mère. La maîtresse Sophie vient à mon secours :

– Dis-leur que c'est la maire d'ici.

– Oui, elle habite ici, sa mère ! Je la

connais, s'écrie mon copain Ange.

– Oui, dis-je, on l'a élue l'année dernière.

– C'est quoi, élue ? demande Théo.

– C'est quand beaucoup de gens t'ont choisi, explique la maîtresse.

– Qui a choisi ta mère ? demande Prune.

– Je sais pas, des gens qui ont déjà été choisis par les gens de la ville.

– Peut-être vos parents, continue la maîtresse.

– Ils l'ont choisie pour quoi faire, ta mère ? demande Jonas.

– Pour représenter l'État.

– L'État, c'est toute la Terre ? demande Julie.

– Et toutes les mers ? demande André.

– Et tous les pères ? ajoute Jonas.

– Non, non. C'est que la France.

– France, c'est ma mère, marmonne Agathe.

Je suis tout rouge, j'en suis sûr. Maman m'a bien expliqué, mais je n'ai pas tout compris. Toutes mes copines et tous mes copains restent un peu rêveurs. J'ai envie d'ajouter quelque chose. Je m'exclame :

– En plus, elle s'appelle Marie !

Ça m'amuse, parce que Papa dit : Marie de la Mairie.

– Et vous ? demande la maîtresse, qu'aimeriez-vous faire plus tard ?

– Clown ! s'écrie Gaspard.

– Pompier ! s'exclame Noé.

– Pompière ! dit Prune pour faire encore comme Noé.

– Ça se dit pas, pompière, explique Mélanie. Mais tu peux le faire quand même.

– Policier ! dit Jonas.

– Princesse ! crie Justine.

– Ça se peut pas, rétorque Julie.

– Alors maîtresse…

– Vétérinaire ! hurle André.

– Vétériner, non, pour un garçon ? hasarde Agathe. Enfin, peut-être pas…

– Écrivaine, dit Yasmine. Heu, écrivain, je crois. Enfin, je veux écrire.

– Médecin, se lance Mélanie.

– On dit médecine, pour une fille, la reprend Ange.

– Non, non, on dit médecin même pour

une fille, insiste Mélanie.

– C'est bête, juge Théo. Moi, je serai infirmière.

– Infirmier.

– Ah oui.

– Et toi, Valentin, tu seras quoi ?

Je fais celui qui réfléchis, mais en réalité, je le sais depuis longtemps. Je

Les Métiers
Pompier

prends une grande inspiration, et puis je réponds :

– Moi, c'est facile, je ferai comme Maman : je serai paire !

– Mais non, il n'y a que les mamans qui peuvent être maires, s'énerve Mélanie.

– Et il n'y a que les papas qui peuvent être pères, dit Théo.

– Tu veux dire que tu seras maire, intervient la maîtresse.

– Mais c'est pas possible ! Il sera père.

– Je n'y comprends plus rien, avoue André.

C'est Ange qui résume ce que tout le monde pense :

– Hé bien, penser à l'avenir, c'est pas de la tarte !

– T’es un garçon, dit Julie, alors tu dois dire : c’est pas du gâteau !

Je soupire en même temps que la maîtresse…

Mais en vérité, je suis très content. Grâce à mon expérience, j’ai compris que ce que font mes parents n’est pas le plus important. L’important, c’est qu’ils m’aiment, et qu’ils s’aiment. Et qu’ils fassent ce qu’ils aiment, dans la vie.

Quand même, je marmonne :

– C’est vrai que c’est pas du gâteau.

Vivement percredi !

# Table des matières

## Dans la même collection :

**J'ai mal aux maths !**
**Élisabeth Brami**
**ill. Rémi Courgeon**

L'histoire de Tamara, fâchée avec les maths.

**Une place dans la cour**
**Gaël Aymon**
**ill. Caroline Modeste**

Ulysse, le nouveau, s'invite dans la bande des filles, menée par Clarisse.

**À l'aise, Thérèse !**
**Viviane Faudi-Khourdifi**
**ill. Lucie Rioland**

Thérèse veut reprendre le trône usurpé par son frère jumeau.

**Alizée fend la bise**
**Éléonore Cannone**
**ill. Sway**

Pour son anniversaire, Alizée a demandé un vélo... mais pas n'importe lequel : un vélo de course !

Achevé d'imprimer en République tchèque par PBtisk